DE L'UTILITÉ

DES REUNIONS ELECTORALES.

LETTRE

SUR

LES PROCHAINES ÉLECTIONS

AU CONSEIL GÉNÉRAL

QUIMPER

Imprimerie d'Alphonse CAEN DIT LION.

1874

Quimper, imprimerie d'Alphonse CAEN.

DE L'UTILITÉ
DES RÉUNIONS ÉLECTORALES.

LETTRE

SUR

LES PROCHAINES ÉLECTIONS

AU CONSEIL GÉNÉRAL

Chers Compatriotes,

C'est à vous qui, dans des scrutins successifs, avez montré un réel esprit de progrès, c'est à vous qu'il appartient de donner un bon exemple de plus : celui de vous rendre en grand nombre à une réunion électorale préparatoire qui devra être convoquée au chef-lieu de canton pour entendre les candidats au Conseil général et faire un choix parmi eux.

Pourquoi les électeurs des villes ont-ils eu jusqu'ici la réputation (parfois bien mal justifiée) d'être supé-

PEGEN TALVOUDEG

EO DAN ELECTOURIEN

EN EM ZASTUM HAG EN EM GLEVET

ARAOG REI O MOUEZIOU,

LIZER

DIVARBEN AN ELECTIONOU TOSTA

EVIT AR CONSEIL GENERAL

Va C'henvrois ker,

Deoc'h eo ch'oui pere, en eur rei aliez o moneziou, oc'h eus diskoueset o poa eur guir c'hoant da vont var araog, deoc'h c'houi eo dleet, rei eur skoer vad muioc'h, me lavar an hini den em zastum muia ma c'helloc'h er c'hanton, evit silaou ar ree o deus c'hoant da veza er Conseil Général, a da ober ho choas en ho zouez.

Perag an électourien eus ar kériou a zo bet beteg-en brudet, (mes alies brudet fal) da veza dreist an électourien divar ar meas ?

rieurs aux électeurs des campagnes? — Avez-vous
par hasard moins d'intelligence naturelle, de bon
sens, de finesse, et souvent même d'instruction? Non,
sans doute. Mais, par la force des choses, vous vivez
dans un cercle si étroit que votre pensée reste atta-
chée à la terre et que vous manquez de moyens d'in-
formations.

Toute la journée dans les champs, — à quoi
songe le cultivateur? — A la récolte, aux chances
de pluie ou de froid, aux moyens de se procurer de
l'engrais et au prix des grains. Que sait-il? Tout au
plus ce qui s'est passé la veille dans les trois ou
quatre villages environnants, et à peine quelque
chose des bruits qui couraient lors du marché précé-
dent dans la petite ville où il va vendre ses bestiaux
et porter ses denrées. Peu lisent, — parmi ceux qui
savent lire, — le *Moniteur des Communes*, affiché à la
porte de la mairie; moins encore s'abonnent à l'*Élec-
teur* ou au *Finistère*. Combien, dans ce petit nombre,
s'intéressent à la partie politique du journal, et cher-
chent à se rendre compte du rôle joué par leurs re-
présentants? Il faut la guerre en France ou une révo-
lution à Paris pour grouper cinq ou six curieux autour
d'une affiche officielle. Aussi, le dimanche, ne sait-on
que faire, et, dans son ennui, est-on tenté d'aller cher-
cher au cabaret un étourdissement malsain pour rem-
placer les distractions absentes.

Voilà dans quelle pauvreté d'éléments d'apprécia-

A c'houi o peffe nebeutoc'h a speret naturel egeto, nebeutoch a sprigh, a finessa, hag alies mêmes a zezkadurez ? Nan, eb douetanz ebet, mes dre nerz an traou, a vevit en eur c'helc'h ken striz, ma chom o sonjezennou stag oc'h an douar, hag e chomit eb sclerigen ebet var ar pez a dremen.

Etoug an deiz en e barkerier, a petra e sonj al labourer douar ? En e eost, er gobari glao pe rust amzer, er guella doaré da gaout tremp hag e priz ar greun.

Petra c'hoar ? da hira tout, ar pez so tremenet an devez diaraog en tri pe ar pevar dieguez a zo en e amezeguez, hag a veac'h eun dra bennag eus ar c'heleier a rede er marc'had diveza a zo bet er gear vian e pi hini e za da verza e chatal hag e vac'hadourez. Nebeud a lenn e mesk ar ree a c'hoar lenn, ar journal l'*Electeur* pe an hini le *Finistère*. An tamou paper, ar *Moniteur euz ar Communes*, a vez staget oc'h dor an ty kear. Nebeutoc'h c'hoaz a zispiu mounis evit kaout eur gazeten da lenn. A ped c'hoas en niver bian-se hag a glask intent penaos ema an afferou, a da renta kount dezho o unan euz ar pez a ra ar ree o deus kasset da zifenn o guir ? Red e ve brezel e Frans pe ravolt e Paris evit dastum pemp pe c'huec'h curius endro dar paper a deu eus a bers ar c'houarnamant. Chetu perag, dar zul ne c'houseur petra da ober, hag e kreis an inouamant-se e zeeur dan hostaliri da glask eur vadinel ha ne ket e tre o daourn.

tion vous surprend l'élection à laquelle votre double qualité de Français et de citoyen vous donne le droit de prendre part, et une part prépondérante, puisque, sur **20** électeurs, **14** en France appartiennent comme vous aux campagnes !

Vous choisissez avec prudence l'homme d'affaires, le notaire, l'avoué, l'avocat que vous chargez du soin de représenter et de défendre vos intérêts pécuniaires. Vous prenez des renseignements sur ces mandataires ; vous les voyez en personnes ; vous les faites causer — et longuement : En un mot, vous ne donnez votre confiance qu'après examen et réflexion. Si vous vous en trouvez bien, pourquoi ne pas faire de même pour les conseillers généraux ? Est-ce que vous croyez que, là aussi, il ne s'agit pas de votre bourse ? Ne savez-vous pas qu'à Quimper, on vote des impôts supplémentaires qui, sous le nom de *centimes additionnels*, s'ajoutent chaque année à votre cote de contributions.

Votre intérêt à ne pas vous tromper est évident ; mais comment voter d'une manière intelligente sans connaître les divers concurrents en présence, et comment les bien connaître si vous ne les appelez pas à s'expliquer devant vous ?

Vous êtes Electeurs ; c'est-à-dire souverains. Dès lors, votre droit incontestable est de faire comparaître ceux qui sollicitent vos suffrages. Soyez sûrs qu'aucun

Chetu aze ar baourentez-vras e pi hini ec'h en em gavit, pa vez deut ar mare da rei o moezion, n'oc'h anaouedegez ebet eus ar pez oc'h eus da ober pa deue ar mare da rei o mouez, ha koulskonde oc'h eus guir da gemeret pers enhi evel citoian eus a vro c'hall, hag eur guir pouner, pa zeo guir, var ugent electour, pevarzek e Frans azo divar ar meas.

Pa glaskit eun denn evit oc'h afferou, do tifen, da zioual oc'h arc'hant, eun naoter, eun avoue, eun alvokad, c'houi a daol evez-mad pe hini da choaz, klasq a rid en em sklerijenna var bep unan an hezo, a mont a rit betek hen, ober a rid dezho kaoseal hag eur pennad mad : en eur ger, ne roït o fizianz ne met goude m'oc'h eus en em sounjet mad.

Mar en em gayid mad en doare-se, perag ne rit-hu ket er memes tra evit or consaillerien général. Ha c'houi a gaf d'eoc'h an draze ne zell ket ive oc'h o yalc'h ? Ha ne ouzoc'h-tu ket e peb leac'h e kresker ar founcier, a zindan an hano a zantimou staget oc'h ar pez a baeac'h a ziaraog hag a deu da greski bep bloaz.

Oc'h interest eo eta non pas en em fazia, mes penaos rei o monez gand anaoudegez mad, ma ne anavezit ket ar ree a glask beza hanvet, ha penaos o anaout mad, ma ne c'halvit ket anezho dirazoc'h evit diskleria deoc'h petra int, ha petra o deus c'hoant da ober.

Electourien ezoc'h ; da lavaret ezoc'h mistri, ha dre-ze, o kuir ha ne hellan denn en debat ouzoc'h, co

des candidats ne voudra ou n'osera refuser de répondre à cette convocation. Chacun comprendra, de lui-même où à la réflexion, qu'il y a là un acte de déférence qui vous est dû. Si la modestie sied bien aux prétendants, il n'en est pas de même d'une obstination vaniteuse, et l'on ne saurait aspirer aux bénéfices de la lutte sans en accepter les obligations pénibles et les chances défavorables.

Mais, vous dira-t-on peut-être : « A quoi bon cette épreuve préparatoire des réunions électorales ? Pourquoi exiger d'un candidat au Conseil général qu'il sache parler ? Ne suffit-il pas qu'il ait du bon sens ? » — J'admets que les personnes qui vous tiendront ce langage n'aient pas intérêt à vous tromper ; elles se trompent elles-mêmes, et je vais vous le montrer.

Pour prendre des exemples : — Voici un chemin d'intérêt commun dont le tracé vous est préjudiciable ; voici une subvention départementale à obtenir, soit pour la fondation d'une maison d'école, soit pour la construction d'une mairie, soit pour les travaux d'une église ou d'un presbytère ; voici un vœu à présenter pour le canton en général ou pour une commune en particulier ; — dans tous ces cas, est-ce que votre représentant croira accomplir entièrement son devoir en se levant pour le vote ? Ne faudra-t-il pas que, par sa parole, il défende vos intérêts devant une Assemblée nombreuse, choisie, venue de tous les

da lakaad da zont dirazoc'h ar ree a glask o moueziou. Bezit sur ha certen, penaos nikun eus ar ree o deus c'hoant da veza consailleurien general, ne gredo reuzi da respount d'ar galff a reoc'h dezhan. Peb unan a anavezo anez-han e unan, pe goude beza sonjet mad, e dlee plega dar goulen a rit dez han.

Mar deo ar vodestie déréabl dar ree o deus c'hoant da veza e penn an afferou, ne ket ar memes tra eus galerder o benn karget a fouge, ha ne dleer ket kounta beza treac'h er c'hourinadeg, eb kemeret poan, na treveil ebet, na redet ar riskl da vankout.

Mes a vezo lavaret deoc'h marteze : Da ober petra an amprouff-se da en em zastum araog an électionnou ? Pérag goulen dioc'h unan hag en deus c'hoan da veza consailleur general, hag en a c'hoar parlant ? Ha ne ket awalc'h en deffe skiant vad ? Me laka penaos an dud a goumzo ouzoc'h en doare-se ne glas kont ket o troumpla ; en em droumpla a reont o unan, Ha me a ia den diskoes deoc'h.

Evit kemeret skoeriou : Chetu eun hent hag a zell oc'h en oll hag a zo merket evit noasout deoc'h ; chetu ama eur sikour da gavout digant an departamant, eun ty scholl da sevel, eun ty kear nevez da ober, eun ilis pe eur presbital da ober pe da rapari ; chetu eur westl da ginig evit ar c'hanton a bez pe evit eur barraz ebken ; en oll isomou, en oll goulennou-se ha c'houi a gaf deoc'h an hini oc'h eus hanvet evit difen o troajou, a gredo beza great e zever etaet, o sevel en e zao evit

points du département, et étrangère à vos besoins comme à vos désirs ?

Qu'est-ce, auprès de cette tâche délicate, que l'obligation de se défendre soi-même devant une Assemblée locale, recrutée exclusivement dans le canton, et composée de voisins, d'amis, peut-être de parents ?

Il est encore possible qu'on essaie de vous détourner des réunions en vous inspirant la crainte d'être dupés par un beau parleur n'ayant d'autre mérite que celui de tourner de jolies phrases. Rassurez-vous ! La parole est moins menteuse que l'écriture. — Quand un orateur est devant vous, vous le voyez et vous l'écoutez à la fois. Vous pouvez deviner, rien qu'à l'expression de son visage ou à l'accent de sa voix, s'il est ferme, capable et de bonne foi. Le candidat, en présence de ses électeurs et surtout de ses concurrents, est tenu, quoiqu'il en ait, de renoncer aux mots vagues, de répondre à des questions précises et d'engager d'avance son opinion sur les mesures les plus importantes.

Vous le verrez ; après avoir essayé une fois de ces réunions, vous y prendrez goût, et vous demanderez les premiers qu'on fasse de même pour les élections de députés ; car, dans cette organisation du suffrage universel, vous aussi aurez un rôle actif à jouer. Ceux qui se seront rendus à la réunion préparatoire et qui se seront faits les délégués spontanés de leur

rei-e vouez ? Ha neo ket red, e teuffe dre e goums, da zifen oc'h interest dirag eur vanden dud ar ree enorapla eus an départamant, choazet, ha deût euz a bep korn an hizi, hag eb anaoudegez ebet eus oc'h isomou, nag eus o tesirou.

Petra eo an dever oc'h eus den em zifen oc'h unan dirag consail o parrez, dirag tud hag a zo eus ar memes kanton ganeoc'h, ha pere a zo kalz an hezo oc'h amezeien, o mignounet, o kerent, e kenver ar gark diez ha dilicat en deus eur membr eus ar Consail general.

Possubl eo c'hoas e ve esseat distrei ac'hanoc'h d'en em zastum en doare-se, oc'h o ber deoc'h kemeret aoun da veza goapeat gand eur prezeger kaer bennag pehini n'en deus ken mirit ne met do drei eur frazen vrao benag. Kemerit ardisegez. Nebeutoch a zo a c'heier er gomz eget ar skritur. Pa vez eur prezeger dirazoc'h, er gwelit hag e silaouit anez han er memes amzer, an doare ebken eus e zrem, eus e fesoun da gomz e vezo eas deoc'h anaout hag en a zo stard, gouechoc hag a feiz vad.

An hini en deus c'hoant da veza hanvet, dirag an electourien, hag ar ree a glask beza hanvet evelthan, a rank, kaer an deus, dilezel ar komzon cleus, a respount sklear dar pez a c'houlenneur digant han, ha da lavaret en avanz petra raio e kenver ar muzulion eus eun dalvoudegez vraz.

C'houi a velo, goude mo pevezo esseat an assam-

commune seront interrogés à leur retour. Ils devront raconter ce qu'ils auront vu et entendu, rapporter les réponses des candidats, rappeler leurs promesses, résumer de leur mieux la discussion, et donner enfin les motifs du choix auquel ils auront pris part.

La masse des électeurs en France ressemble à une armée où il n'y aurait encore que de simples soldats et des généraux. Il y manque ce qui fait pourtant la force des troupes en campagne, ce corps intermédiaire d'officiers et de sous-officiers, corps modeste, mais indispensable, composé de chefs plus immédiats, plus connus de chacun, et partant mieux obéis. Que ceux qui aspirent à exercer une influence quelconque dans leur commune ; que ceux qui, ayant déjà l'influence locale, tiennent à la conserver ; que ceux-là se hâtent de prendre la tête du mouvement ; car, avec eux ou malgré eux, tout — ici comme ailleurs — se fera un jour dans les réunions et par les réunions.

Mais, à l'armée, il faut de la discipline, de l'abnégation, du dévouement au drapeau ; il en est de même sur les champs de bataille de la politique. Comme le soldat doit rester, quoi qu'il arrive, à son poste, de même le candidat et l'électeur ont parfois des obligations pénibles. Quel est le devoir particulier du candidat ? C'est de renoncer, devant un vote défavorable des réunions préparatoires, à une ambition dont la persistance aurait pour résultat de diviser son parti sans le faire réussir lui-même. Quel est celui de l'élec-

bleou-se, e plijint deoc'h, hag e vezoc'h ar ree genta

Mes an arme eo red kaout urz vad, en em zilezel hon unan, renonç d'hon bolontez, a gwestlet d'an drapeau ; er memes tra a c'hoarvez pa vez menek eus an afferou ar vro, eus ar politik. Ma dlee ar soudard en despet da bep tra choum ferm a stard en e bost, er memes tra an hini an deus c'hoant da veza hauvet hag an hini en deus guir da rei e vouez dezhan, o deus avechou deveriou diez a poanniuz. Pe hini eo ispicial dever en hini a glask beza hanvet ? Eo dont a dren ma ne vell ket a chanç evit-han en assambleou a zalc'heur araog ; eo dilesel e ambition, pe hini ma ve poulset reir na raffe ne met dizunani ar ree a so en e gostez eb gallout kaout issu mad e hunan.

Pe hini eo dever an hini zo galvet da rei e vouez ? Eo pa deue an oll da gaout or memez mouez da ober ar sakrifis eus e breferançou particulier, a da zougen e vouez hag e c'halloud, ne ket var an hini a gar ar muia, mes var an hini a zo diskleriet kaout ar brassa mirit, hag er gwella evit difen, a clask kaos an oll.

An assambleou-se pere ne c'hellont noasout nemet d'ar ree o deus a nebeuta gwiziegez, hag a zo enno an nebenta gwirionez a droio d'ar fin evit mad an oll. Evel no deus nemet eun termen mad hag ervez al lezen, e teuint da veza eur scholl a bolitio lakeat e pratik, moiennou d'en em sklerijenna var an afferou, hag anaoudegez vad eus a bers ann eil egile, hag eus eur speret publik gwirion. An draze-oll a zo manket deomp bete vrema e Frans, a chetu perag ar gouarnamanchou

teur ? — C'est, quand la majorité de la réunion s'est prononcée, de sacrifier ses préférences particulières et de reporter sa voix et son influence, non sur le candidat qu'il aime le mieux, mais sur le plus désigné par son mérite et le plus utile à la cause commune.

Ces réunions, qui ne peuvent nuire qu'aux moins capables et aux moins sincères, tourneront finalement au profit de tous. Ayant un but déterminé et légal, elles deviendront une école de politique pratique, de discussions utiles, d'informations mutuelles et de véritable esprit public. Tout cela nous a manqué jusqu'ici en France, et voilà pourquoi les gouvernements changent si souvent, et les abus durent si longtemps.

Il y a là une lacune plus importante à combler que celle de l'instruction primaire elle-même ; car s'il est mauvais que dans la maison paternelle, l'enfant ne sache pas lire, il est plus mauvais encore que dans la salle de scrutin l'électeur ne sache pas raisonner son vote.

Quelques personnes, trop défiantes de vous comme d'elles-mêmes, et qui, véritables Saint-Thomas, ne croient au progrès que lorsqu'elles le voient réalisé, disent qu'une invincible et fâcheuse apathie vous retiendra chez vous ; mais ceux qui affectent de tenir le plus haut ce langage sont des adversaires

a chench ken alies, hag on dalc'h pell braz ato en
trouz hag er freuz. Ar zeskadurez kenta a vank c'hoas
kalz dezhi evit beza mad ; rag mar deo eun dra fall,
ne ouffe ket en eun tiegez ar c'hrouadur lenn, eo fal-
loc'h c'hoas, gwelet er sall e pihini e roer ar moeziou,
unan o rei e vouez eb gouzout petra a ra.

Certen tud o kaout ree a difiziauz ac'hanoc'h, hag
anezho o unan, a pere, evel San Thomas ne gredont
morze e zafe an trao var araog ken na vezont en em
gavet, a lavar penaos eun diegi braz a ne helleur ket
da drec'hi o talc'ho er gear. Mes ar ree a gomz ken
huel-se a zo ennebourien, hag anevezit mad dre an
troumplezennou o deus dija meur a veach diskoeset.
o c'houlen e ve great ar memes tra pa deuo ar mare
d'ho henvel an deputeet ; rag e fesoun meo reglet an
doare da rei ar mouezion, a pevezo eun dever serius
d'a ober. Ar ree o devezo en em rentet d'an assam-
ble-se a bourchas, a pere a vezo kasset gand ar bar-
rez evit difen e guirion, a vezo interrojet pa zistroint.
Dleout a reont kounta or pez o devezo gwelet, ha
rai da anaout responchou ar ree o deus c'hoant da
veza hanvet, digass da sounj euss o fromessaou, rei
da anaout sklear, hag e ber gomchou, petra so bet la-
varet en tu ma hag en tuont, a rei er fin ar resonnou
eus ar choas e pehini o devezo kemeret pers.

Ar vanden vraz eus an electourien e Franz a zo
henvel oc'h eun arme e pehini ne ve c'hoas ne met
soudardet simpl' ha Generalet.

que vous connaissez bien pour avoir déjoué leurs
espérances.

Venez donc ; une telle initiative vous fera honneur,
et, en définitive, vous en coûtera-t-il beaucoup ? —
Vous suivez les foires, même sans avoir grand chose
à y faire ; vous payez pour assister aux noces, et vous
ne manquez point aux enterrements. Eh bien ! je vous
le promets, les réunions électorales seront plus utiles
encore que les foires, moins coûteuses que les
noces, et, à coup sûr, plus gaies que les enterre-
ments !

Voyons ! Est-ce que, plus d'une fois dans l'année,
vous n'abandonnez pas pour quelques heures votre
maison ? N'êtes-vous pas las parfois de ce que la
vie des champs a de vide et de monotone ? N'êtes-vous
pas heureux de saisir une occasion de vous trouver
ensemble, de causer entre vous, d'échanger les nou-
velles, d'entendre des orateurs, de revenir enfin
chez vous avec une provision plus grosse d'idées
et de faits ?

Prenez donc la résolution de vous rendre à la
réunion annoncée, réunion dont le jour et l'heure

Mankout a ra ar pez a ra koulskoude nerz an troumpou e campagn, ar c'horf-se pehini a zalc'h ar c'hreiz eo an ofiserien a ree all izelloc'h, korf modest mes necesser, great a vistri, muioc'h anavezet gand peb unan, a dre eno, gwelloc'h heuliet hor urzou. Ar ree a fell dezho eta beza e penn eur barrez ha kaout eur certen galloud var ar ree all, ar ree o deus dija ar c'hallout-se eleac'h ma maint, a dlee ober peb tra evit e mirat hag e dioual; rag gantho, pe en despet dezho, peb tra , ama evel el leac'h all , a vezo great eun deiz en assambleou, ha dre an assambleou.

Deuet eta; an hast a lakeoc'h da zont a raio henor deoc'h ha goude tout, koust a raio kalz deoc'h? Heüil a rit ar foariou, ar marc'hajou, eb kaout nemeur a dra da ober enno. Paia a rid evit kaout pers en eun eured , a ne vankit ket da vont dan anterramanchou. Mad ; me bromet deoc'h, an assambleou-se dalc'hret evit choaz ar conseilleur, a dalvezo muioc'h evidoc'h eget ar foariou, a gousto nebeutoc'h deoc'h eget an enreujou, a vezo gaeoc'h eget an anterramanchou. Guellomp ! a deuit-hu ket meur a veach epad ar bloaz da zilezel epad eun nebeud heuriou o tyez ? A ne vezit ket avechou skuiz o vellet pegen goullou a pegen inous eo ar vuez var meas e kreiz o touarou ? A nen em gavit ket eurus da gaout an dro den em velet assamblez, da gaoseal etrezoc'h, da rei keleier an eil d'egile, da glevet tud o prezeg, da zistrei d'ar gear gand eun anoudegez brassoc'h eget no poa diarog, da veza Sklerijiennet var tra a no poa

seront fixés de manière à ce que l'accomplissement de vos devoirs de citoyens ne nuise pas à vos intérêts de cultivateurs.

Votre dévoué compatriote,

CORENTIN GUYHO.

Quimper, typ. CAEN.

morze sonjet enno ; en eur ger, kalz deskeioc'h eget abars ma oac'h eat ?

Bezit eta resolvet mad da vont d'an assamble-se eus a pehini e koumzeur deoc'h, assamble eus a pehini an heur, hag an dervez, a vezo merket deoc'h, en eun doare ne hello ket an dever oc'h eus da ober evel citoyan, noasout d'hor interest a laboureurien douar.

O kenvroad muia douget evidoc'h.

Corentin GUYHO.